Para mi amigo miedoso... y nuestros héroes.

Título original: *Little Elliot, Big Fun*
Traducción: Roser Ruiz
1.ª edición: abril 2017

© 2016 by Mike Curato
© Ediciones B, S. A., 2017
para el sello B de Blok
Consell de Cent, 425-427 - 08009 Barcelona (España)
www.edicionesb.com

Printed in Spain
ISBN: 978-84-16712-31-1
DL B 4540-2017

Impreso por Rolpress

el Pequeño Elliot

y su

GRAN DÍA

Texto e ilustraciones de

MIKE CURATO

Traducción de Roser Ruiz

El Pequeño Elliot y su mejor
amigo, Ratoncito, iban
a las afueras de la ciudad.

205TH ST.

STILLWE

D CON

—Te encantará el paseo marítimo
—dijo Ratoncito—. Yo voy todos
los años con mi familia.

—¿Habrá cosas buenas? —preguntó Elliot.
—¡Ya lo creo! —contestó Ratoncito—.
¡Helados, algodón de azúcar y palomitas!
¡Y también hay juegos y cantidad
de atracciones!

—Tú no te separes de mí —dijo Ratoncito.

—¿Te gustaría montar en el tobogán acuático? —le preguntó Ratoncito.

—Demasiada agua
—respondió Elliot—.
¿Y si me caigo de la barca?
No sé nadar.

—¿Y los columpios? ¿O la ruleta gigante?

—preguntó Ratoncito.

—¡No, que me mareo! —exclamó Elliot.

—¿Qué te parece la montaña rusa?
—dijo Ratoncito—. ¡Es mi favorita!

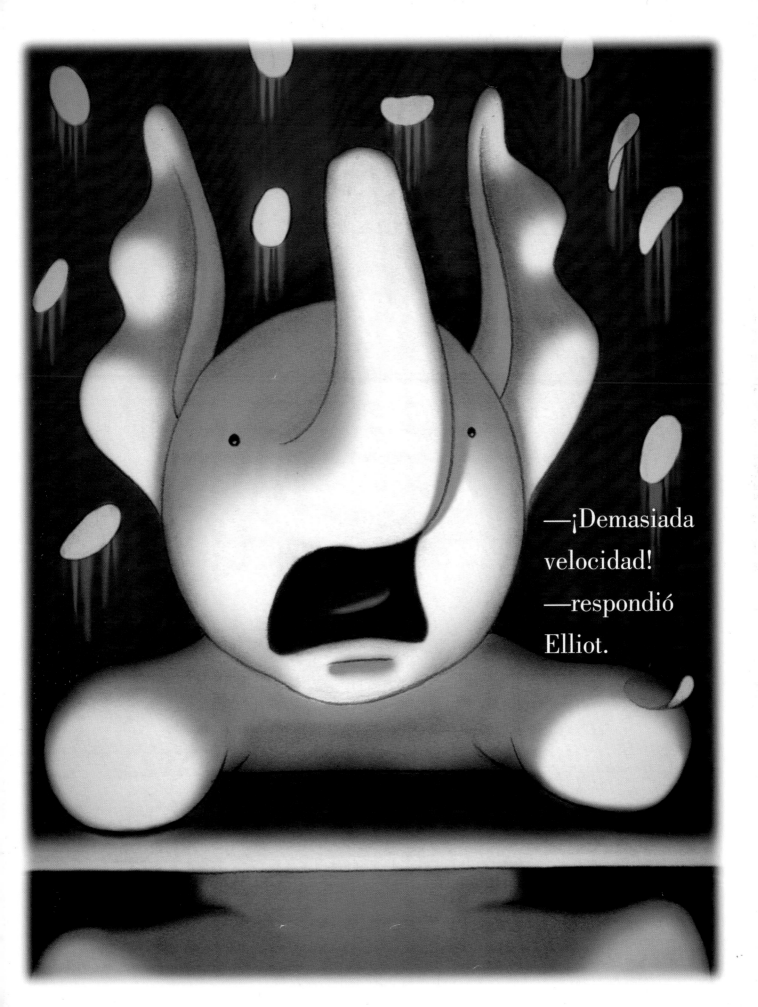

—¡Demasiada velocidad!
—respondió Elliot.

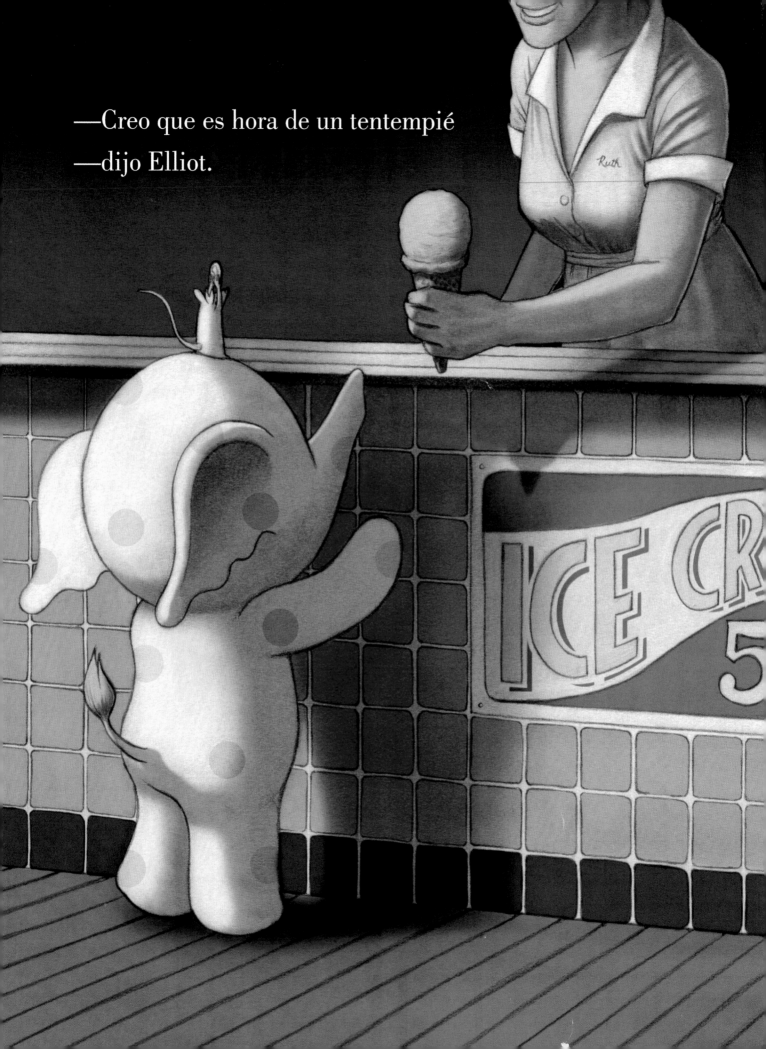

—Creo que es hora de un tentempié
—dijo Elliot.

—¡Espera, Elliot! —gritó Ratoncito.

Pero Elliot tenía demasiado miedo para esperar.

Así que corrió...

...y corrió

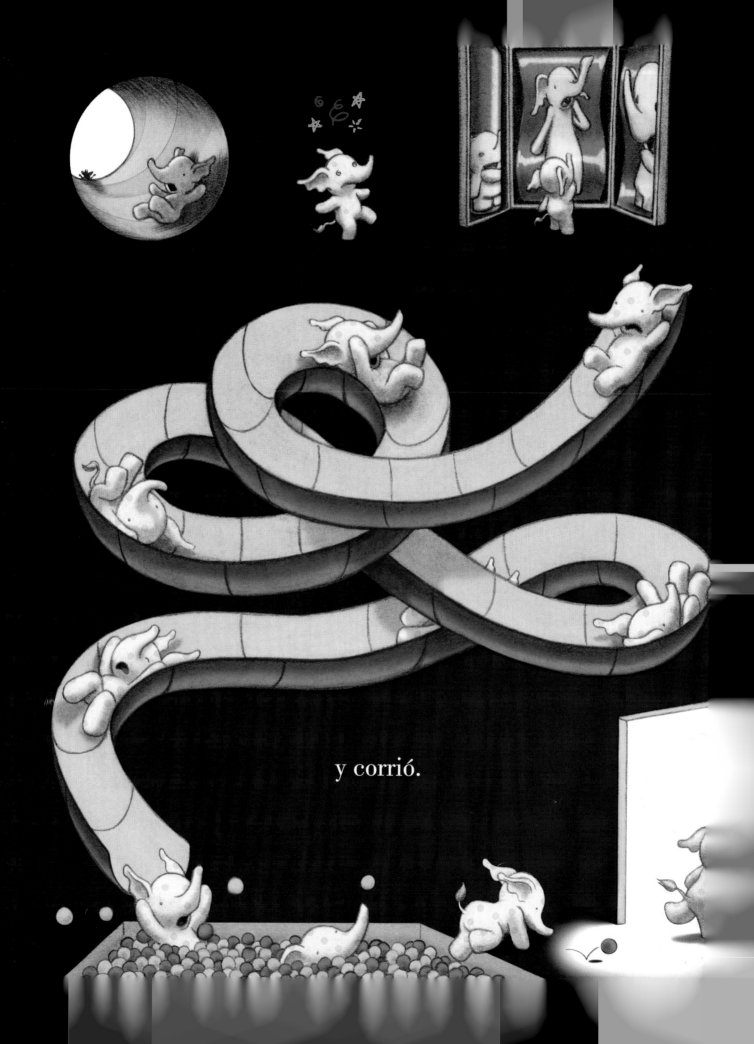

y corrió.

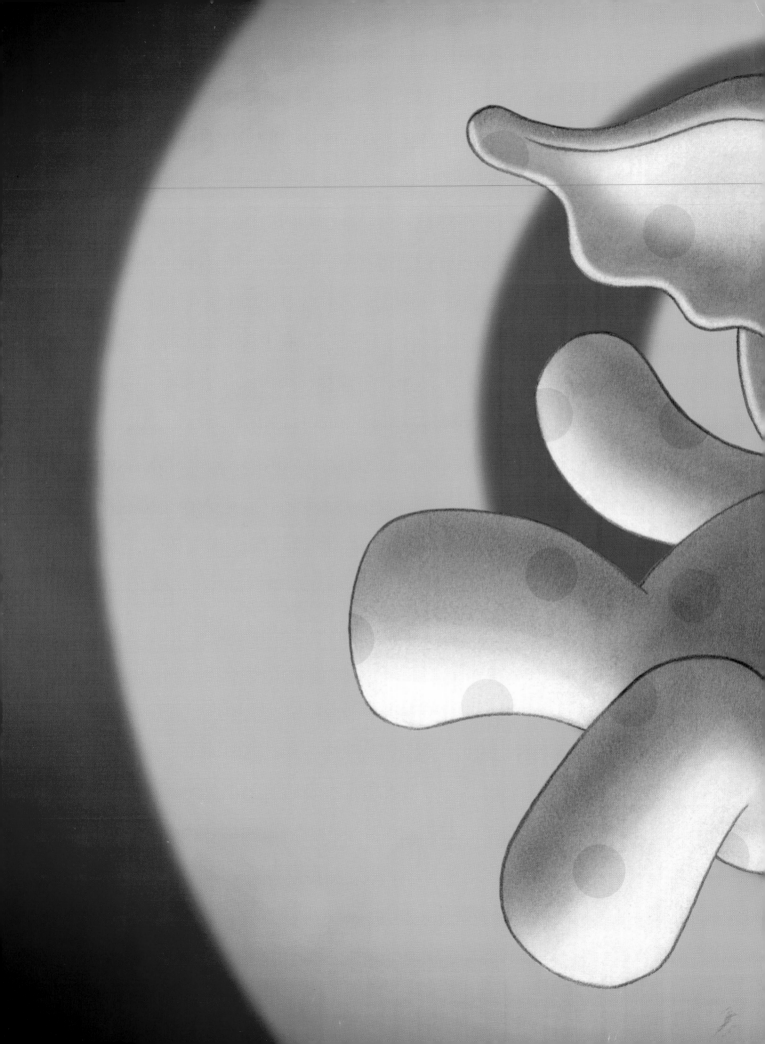

Elliot NO estaba divirtiéndose.

Elliot ya no pudo correr más
y al final Ratoncito lo encontró.

—Pobre Elliot —dijo Ratoncito—. Creo
que es hora de descansar un poco.

—¿Te sientes mejor? —preguntó Ratoncito.

—¡Mucho mejor! —contestó Elliot—. ¡Ojalá hubiera una atracción que no mojara ni mareara!

—Tengo una idea —dijo Ratoncito.

Elliot estaba nervioso, pero
Ratoncito le acarició la cabeza.

—La verdad, no estoy muy seguro de esto —dijo Elliot—. ¿Y si hace demasiado viento y salimos volando? ¿Y si la noria se suelta y vamos a parar al mar? ¿Y si PASA ALGO MALO?

—A mí también —aseguró Elliot.

—¡Estar contigo es lo que más
me gusta de todos los días!